KB120778

슬픔의 모서리는 뭉뚝하다

시작시인선 0380 슬픔의 모서리는 뭉뚝하다

1판 1쇄 펴낸날 2021년 6월 11일
지은이 김준철
펴낸이 이재무
책임편집 박은정
편집디자인 민성돈, 장덕진
펴낸곳 (주)천년의시작
등록번호 제301-2012-033호
등록일자 2006년 1월 10일
주소 (03132) 서울시 종로구 삼일대로32길 36 운현신화타워 502호
전화 02-723-8668
팩스 02-723-8630
홈페이지 www.poempoem.com
이메일 poemsijak@hanmail.net

ⓒ 김준철, 2021, printed in Seoul, Korea

ISBN 978-89-6021-562-7 04810
        978-89-6021-069-1 04810(세트)

값 10,000원

슬픔의 모서리는 뭉뚝하다

김준철

천년의 시작

　　방언같은언어함몰하는기억지난한일상너덜거리는시간눅
눅한모서리자멸하는새벽칭얼대는저녁삭제된계절헐렁해진
속옷동결된허무메마른밥풀비틀린안경누적된비곗덩이토막
난연필모자이크된자판기가파른풍경곰팡이핀사타구니잘려
나간매듭죽은책들의옆구리그리고 시 작 하 지 못 한 끝

　　이 모두
　　소리 없이 사라져 다음 생에는 시로 태어나지 않길 바랐다

　　쓰지 못할 거라 생각했고
　　써서는 안 될 거라 생각했다
　　그러면서도
　　끊임없이 파지를 만들었다

　　쓰고 있으면서도
　　쓰고 있지 않다고 믿었다

　　이것으로
　　다시 쓸 수 있기를
　　청한다

차 례

시인의 말

제1부 그러나… 글썽이는 파랑

낮달은 밤에 속한다

잠과 잠 사이
빛이 스치는
순간이라는 하루

달이 떴다 냉소는 짧고 길게
낮으로 스민다

깊은 숲은 소리가 없다

별다를 것 없는 날들 속으로
소리를 내며 비가 내린다
질문들이 바닥에서 빗물로 튀어 오르고
터벅대다 멈추는 숨

길을 멈추고
길을 생각한다

낮에 달이 뜨면
나는 네게 문장으로
읽힌다

슬픔이 슬프다

은연중 낯설음으로
서로가 서로를
지나간다
안 보이는 것을
굳이 보려는
사람이 쓴
발표할 곳 없는 시는
그 사람처럼
슬프다

의연하게
무표정으로 지나가는
하루를 막아선
늘어진 몸뚱이가
절망을 친숙함으로
버티고 버티다
냄새나는 이불 속으로
기어들어
급히 잠을 청하는
불면의 밤이

슬프다

중년의 가벼움을
굳이 무겁게 집어 들고
주머니에 맨손을 집어넣고
간신히 걸음을 움직이며
시작하는 슬픔이
슬프다

파릇한 너를 지웠다

분명치 않은 계절
바람은 차고

햇살은 따스했다
숲을 가르는 바람 소리

반복되는 뱃고동의 비명
이명처럼
아득한 기억 속
느닷없이 당한 일이었다

어둠은 부끄러움을 가리지 못했고
시간은 어색함을 이기지 못했다
구별되지 않는 당혹의 한때

오래 품었던 첫 키스가
갓 폐에서 뿜어져 나온
파릇, 담배 연기처럼

이젠 뜨겁지 않은

너의 어깨에 두른 팔을

조용히 내려놓았다

불 지른 기억이 있다

화상처럼 지워지지 않는 기억이 있다

호기심으로 몰래 숨어
성냥을 집어 들었던 순간이 있다

동네 골목길에서
뒷동산이나 공사장 귀퉁이에서
바퀴벌레들같이 모여
언 손과 몸을 녹일
신문지와 나무판자를 모아
깡통에 넣어 피워 올리던 불덩이

매캐한 비밀이 자라 젊은 날 품었던 열기에 대한 기억까
지 피워 올렸다 가닿는 모든 것이 활활 타오르는 불이 되었
던 때였다 타고 타도 잦아들지 않던 영원히 타오를 것 같던
시뻘건 불길 속으로 나조차도 불이 되었던 무차별한 방화의
시간 환상 따윈 없는

엄지와 검지 끝에 배어 지워지지 않는 냄새

미처 타지 못한 추억이 지문처럼 남아

자꾸 손끝을 코로 가져가고 있다

나비의 봄

    그랬다 어머니는 내게 젖을 주지 않았다 두 살 아래 동생은 어리다는 이유로 어머니와 잤고 나는 식모와 잤다 열여덟 그녀의 봉긋한 젖을 만지며 잠들곤 했다 어떤 밤은 오랜 시간, 집요하게 빨아대기도 했다 그래서일까 그녀는 동네 군인과 눈이 맞아 사라졌다 덜 여문 몸으로 나서기에는 아직 이른, 어느 봄날이었다

    나른하게 기지개를 켜며 누워 있는 고양이 나비를 만나게 되었다 나비에게는 너그럽게도 8개의 젖꼭지가 있었다 그 옆에 누워 나비를 따라 게슴츠레 눈을 감고 봄 햇살을 맞으며 조물락 조물락 잠이 들곤 했다 나는 아직도 나비를 잊지 못해 늦은 새벽 아내의 젖가슴을 파고들다 불쑥 혼자 짜증을 내고 그녀 몰래 등지고 누워 수음한다

읽히는 시간

혼잡한 식당 작은 식탁에 그와 마주 앉는다 서너 가지의 반찬과 뜨끈한 매운탕으로 시간을 나눈다 한눈팔지 않고 온전히 식사에 집중한다 차려진 음식에서 시선을 거두지 않는다 흐릿한 손놀림이지만 굳은살이 박인 의지는 정확하게 생선의 가시와 살을 바르고 빠르게 입을 놀려 뜨거운 무와 국물을 집어삼킨다 웅크린 어깨와 떨리는 손 하얗게 덮인 흰 머리칼과 단단한 고집이 자리 잡은 주름은 감히 말을 걸어 식사를 방해할 수 없다 근접할 수 없는 생존의 날카로움 그 살아 있음에서 삐쭉하게 솟아오른 가시처럼 죽음이 읽히는 때가 있다

타나토스의 문양은 우연히 소매에 묻은 김치 국물처럼 선명하고 비어 버린 콩나물무침 접시에 남은 깨소금처럼 애절하고 절실하다 시간의 결을 따라 음식이 줄어들고 주름은 길을 찾는다 노동의 시간만큼 뼈마디는 비탈이 되어 경사를 높인다 수저를 내려놓는다고 죽지 않지만 오랫동안 수저를 잡고 거대한 시간을 뒤집어쓴 듯하다

식탁을 지켜본다 이제 배가 고픈 나는 오래전 내려놓은 수저를 집어 들고 그를 따라 먹을 것이 남아 있지 않은 식탁에서 허겁지겁 식사를 시작한다

서성이다 멈춘 잠

노인의 귓구멍처럼
깊은 어둠으로
꾹꾹 눌러 채운 고요한
숲의 입구에
서 있다

눈도
소리로
내리지 않는
겨울만 부산한 그 밤

고양이가
느린 걸음으로
넘어서려는
의심의 순간

부러진 바람들이 쌓인
그 앞에 서면
짙은 먹 향이 저녁이 된다

\>

숲과 겨울과 바람과
그리고 고양이

아버지가 잠든
내 집, 거실에서
잠들지 못한다

지금은 없다

우리의 아픔은 닮았다

내내 기다리는 것도
내내 아파하는 것도
또 그렇게 내내
바라보고 있는 것도

해가 뜨면 해가 져야 하루가 갈 텐데
해가 지면 해가 떠야 하루를 살 텐데
눈을 뜨고 감는 염려까지

우리의 사랑은
그렇게 닮아서
참으로 오래 걸어가야 한다

그리움은 기다리는 사람의 몫이다

개인기

가끔
내가 날 흉내 낸다
사실
날 따라하기란 쉽지 않다
별다른 특징도 없고
밋밋한 위인이다

목소리, 버릇, 습관
모두를 감쪽같이 속이고
나는 오늘도 나였다

내가 온전히 나이기 쉽지 않은 무대에서
차라리 그렇게
흉내라도 내야 나일 수 있게 된다

끄덕끄덕

길 건너, 노란
파라솔파라솔파라솔파라솔파라솔
갸웃
휘청이더니
의아한 표정으로 노래한다

창문에창문에창문에창문에창문에
삐죽 고개를 내민다
바람이바람이바람이바람이바람이
토닥이며 지나간다
이제는이제는이제는이제는이제는
아프지 않다고

지나가는 바람에 머리칼이 끄덕인다

괜찮은 것 같다고
안 아플 것 같다고
그렇게 버틸 수 있다고
그런 것 같다고

끄덕인다

꽃을 청하다

달래다 지친 나는
그대를 어르다 지친 나는
화도 내고
윽박도 지르고
한동안 멀리 떠나기도 하고
깊이 숨어들기도 합니다
이래도
저래도
답이 안 나오면
물끄러미
바라보고
살며시
귀 기울이기도 합니다

둘 중 하나는
끊임없이
무언가 해야 합니다

온기로 오다

내내 거꾸로 쏟아져 내릴 듯하던
밤에 다다른 언덕
빗장뼈를 내보이던 그때의
밤과 세상이 갈리는 색조의 그늘
늘 맡아 오던 익숙한 향기가 피어오른다

웅성거림도 재잘거림도
무기력의 시간
맨살을 드러내고 뛰쳐나가던
야리야리한 종아리는
수수한 유혹으로 보채는 법 없이
더디게 멈추는 법 없이 빠르게
떠났던 만큼의 거리로 돌아왔다

자그마한 공깃밥처럼
세상으로 담뿍 떨어져 오는

너는 온기다

그늘이 선명해지는 시간

흐릿한 기억을
되새기듯
초점을
너와 나로
갈라서는 시간에
무통의 의연함으로
단호하게
딱 떨어지는 소맷단 같은
매섭고 인정사정없이
하나를 굳이
둘로 가르는 번거로움을
마다하지 않고

이때와 그때
거기와 여기

너와 나 같은 시간
소리마저 겹쳐지는

그래서 더욱더 어두워지는

늙어 가며 당신에게

사는 게 참 좋다
늙는 것도 참 좋다
덜 아플 수도
덜 매달릴 수도 있다
시간의 빠른 물살 위에서도
가만히 눈 감고
쏟아져 내리는 햇살의 무게를
온몸으로 받아 낼 수 있으며

계절의 가벼운 변심처럼 무심함 속에서 옅은 몸살도 오래 앓을 수 있다 오르내리던 신열이 멎을 때쯤에는 하고 싶은 일도 먹고 싶은 것도 기억나지 않을 것이다 배가 꼬이고 눈물이 쏟아지게 웃기는 일도 아득해진다 이름이 잊히면 얼굴이 지워지고 얼굴이 지워지면 추억이 잊힌다 하나둘 이름이 지워지듯 얼굴도 흐려진다 아팠던 일들 무뎌지듯이 아무렇지 않던 일들 날카로운 가시 솜털로 목에 걸려 내려가질 않는다 잊혔던

상처가 땅거미로
발목을 타고 오르지만

그래도 사는 게 좋다

늙는 것도 좋다

그대와 함께여서 참 좋다

제2부 하물며… 흘러나온 빨강

우리의 시간은 다르게 흘러간다

반으로 쪼갠 사과의 양쪽이
거울의 안과 밖의 세상으로
오른 걸음과 왼 걸음의 폭으로

보이는 하늘과 바라는 하늘
그, 검은 밤의 체취와 색깔은
애석하게도 같을 수 없다
그대가 맛있다고 하는 말의 모호함처럼

내가 보고 싶다고 하는 말과
사랑을 나눴던 시간 속의 감정도
선명하게 모호하다

우린 비스듬히 기대
애매하게 틀어진 채
서로를 향해 허우적거릴 뿐이다

사랑, 부르다

그것도 사랑이라 부르고 싶어서

끊어 내지 못하고
잘라 내지 못해도

끌어안지 못하고
함께하지 못해도

사랑이라 부른다
나른한 햇살의 걸음으로
골목길을 빠져나올 때

가장 어두운 구석에 숨었다가
멱살을 잡아채는
나른한 눈빛의 감정

그것마저 사랑이라서

놓지 못하고
잡지 못하고

서로가 서로에게

엉거주춤

닿아 있는 것도

사랑이다

질긴 사랑이다

길을 잃지 않은 낙타가 오아시스로 간다

검은 혓바닥은 입 벌린 어둠의 산들을 열어 줄 열쇠가 되고 메마른 가지에 달린 검은 열매를 따 먹는 검은 새들은 검은 구름과 함께 검은 비가 되었다 아스팔트 위로 검은 햇살의 자국들이 검버섯으로 자라나고

도시는 사막, 건물에는 가시가 돋고 자고 나면 길들은 바람에 날려 언덕을 만든다 오아시스로 가는 방법은 없다 낙타도 가는 길을 잊었다 목말라하는 자들은 결국 죽는다 죽지 않기 위해 참는 법을 배워야 한다 참는다는 것은 잊는 것일지 모른다 모래알을 들이켜는 천형에 충혈된 눈동자 속, 사막이 담긴다

낙타의 지혜는 오아시스에서도 사막을 잊지 않는 것이다 낙타는 사막에 잠겨 썩지 못하는 문명의 한 자락에서 한 줌 흙으로, 탄탄한 검은 근육의 아스팔트 위에 힘없이 뿌려질 때까지 긴 호흡을 한다 그 어떤 흔적도 남기지 않는 이곳에서 거친 숨소리가 발자국의 간헐적 흔들림으로 지나간다 사막에 잠겨 더딘 호흡으로 걸음을 옮기는 발자국 바람은 끊임없이 발자국을 지운다 바람 묻은 걸음들이 도시를 빠져나가고 스며 들어오는 또 다른 걸음이 소리 죽여

>

낙타의 호흡으로 쌓여 갈 즈음,
비로소 숨을 내쉬듯 네온을 켜고
흠집 하나 용납하지 않는 대리석의 도시
그들은 거대한 뱀의 배 속으로 처박혀
각각의 동굴로 옮겨지고
빠르게 때로는 느리게
거세당한 수치도 모르는 듯
아무렇게나 사랑을 나눈다

굳게 닫힌 문 안으로
낙타의 모래 발자국이 바람을 타고
들어서고 있다

달고 쓰고 맵고 짠

아내의 머리를 염색하며
나는, 늙는다

한 달만 염색을 안 해도
어느새 머리 전체, 뿌리가 허옇다
일주일만 늦어도
쓸어 넘기는 머릿결이 하얀 파도 같다

파도가 철썩 소리를 내고
그 소리가 시간을 밀쳐
나를 늙힌다

보고픔은 너에게서
내게로 오곤 했다
어떤 것은 누군가에게
어디에선가
받은 것처럼
기억나지 않았다

겨울의 파도는

한여름 매미 울음 같다

끝없이 멈추지 않고 몰아세우며

울어대고

그것은 사랑이고

가장 가볍고

그것은 아픔이고

가장 느렸던 기억

난 그저

계속 맴맴 파도치다 입맛을 다시며

늙고 있다

마른 칼이 슬프다

철철 우는 그녀 앞에서
난 같이 울지도,
애써 달래지도 못했다
그러는 사이
아내의 울음은
길어졌고 깊어졌다
멎었다 이어졌고
낮았다 높아졌다

철철 우는 그대 뒤에서
난 따라 울지도,
왜 우냐 묻지도 못했다

어느새 나는
뭉뚝한 시인이 되어 버렸다

지극히 불안한

너처럼 네가 아니고
나인 양 내가 못 된다

아버지를 닮은 나는
그럼에도
결국, 내 아버지는 아니라는
그것에 대한
안도감이 주는 절망감
그 모호함은
나를 살아 내게 하는 무지함을 만든다

아버지는 아들이었고
아들은 아버지였다

극도로 안전한

가구

단단히 조여진 녀석을 푸느라 땀이 배어난다

처음 자리를 잡고
다시는
다시는 움직이지 않겠다는 다짐으로
조였던 것이 화근
측은한 표정의 아내가 콧등의 땀을 닦아 주고
나는 괜스레 울화가 치민다
다시 이사를 와 가구를 조립하며
또다시 손목에 힘이 들어간다
진짜 이번에는
정말 여기서 끝이다

하지만 자꾸 헛바퀴 도는 나사의
이미 헐거워진 구멍이
나를 닮았는지 실없이 울어댄다

습관을 기념하며

저 작은 것에게서
팔랑이는 저것
가볍고

차마 가닿지 못하는 그곳에서 금방이라도 돌아설 듯 살랑
이며 떠납니다 마지막 봄날의 불안한 비행처럼 당신을 쫓아
나선 녹슨 삐걱임 깜박이듯 절룩이며 날아가는

빠르게
또는 급하게
시선을 훑고 가는
작은 어떤 것
눈빛으로도 부를 수 없는
너무 늦은

엉거주춤으로
널 만난 오늘

등록되지 않은 사람들

등록되지 않았다는 것은
태어나지 않았다는 것이고
죽지 않는다는 것이다

아파하지도 괴로워하지도
못한다는 것이다

등록되지 않았다는 것은
누구도 알아서는 안 되고
누구도 알 수 없다는 것이며
궁금해하지도 않는다는 것이다

또한 그것은
함께 떠날 수도
혼자 돌아올 수도
몰래 머물 수도 없다는 것이며
스치는 모든 잔상이 되어
어제는 있었던 것 같고
오늘은 없었던 것 같고
내일은 어찌 돼도 상관없는

\>

오롯이 내가 될 수 없는

우리의 세상인 것이다

묻다 멈추다

얼마나 더
깊은 어둠을 네게 주면
자유로울 수 있을까

너와 이렇게
얼마나 더 뒹굴면 가질 수 있는지
이렇게
얼마나 더 네 안으로
깊게 어둠으로
내려져야 하는지

대답해 주겠니
파도가 토악질하는 밤마다
호소하며 너를 찾아내
모가지를 짓누르며
안부를 묻던 뻔뻔한 어둠이
너덜너덜한 기억을 지나는
어김없이 바다로 버려진다

너와 이렇게

얼마나 더 뒹굴어야 하는지

대답하지 마라

불면이 웃는다

더딘 시간이
히죽거린다

귀신처럼 밤은
잠들지 못한 것을 알아차렸다
가쁜 숨 죽이고
어둠 속에 처박혀 있다 해도
어김없이 들키고 마는 것이다
어느새 다가와,
코앞에서 휘파람을 불어대고
무한의 밤으로 들러붙어
벗겨지지 않는 끈적한 껍질
부화되지 않는 말랑한 무정란의
비릿함으로
그래도 생명이라고
적어도 자신은 살아 있다고
어쩌면
밤의 늪에 걸려들지 않는
실수 같은, 희망일 뿐일 것이라고

아내에게 닿다

　시간은 너를 닮아 규칙적이다 반듯한 식탁이 차려지고 아이는 지루한 듯 식사를 시작한다 오래된 선풍기가 버거운 회전을 하며 고개를 창밖으로 돌린다 날카로운 건물들이 소음처럼 흔들리고 가로등 불빛을 끌어안은 벤치 위 사람들은 없다 느릿하게 선풍기가 다시 고개를 돌리면 아이는 식사를 끝내고 자리를 비웠다 너는

　순서가 정해진 듯

　식탁에서 싱크대로 냉장고로 거실로 화장실로…… 정해놓은 레일 위에서 끙끙대며 움직이고 있다 내가 다가가지 않으면 다가오지 않는, 내가 물어보지 않으면 아프다 소리도 못 내는…… 사랑하기에 한 발짝 더 한 발짝 더 뒷걸음질해야 하는

　당신이 내게

　있다

　늙은 바람이 창밖에서 불어온다 차마 다가가지 못하던 나의 호흡이 그제야 털썩 너에게

　가닿는다

작작作作하다

하루, 시를 쓰면
하루치의 가난이
일주일을 당겨 쓰면
그만큼의 조급함이
한 달을 끌고 버티면
깊은 목 졸림으로
나의 변사체가
천장을 떠다닌다

쓰면 쓸수록
배가 고프고 초라해지고
빈곤이 검은 강에서
질식한다

지치지도 않는 죽음에서 기어 나와
혼자임에 자위하며
허덕이다가
몰래 쓴다

쓰고 쓰고 쓰며

죽고 죽고 죽어
다락방에서 꿈꾸다
지하 방에서 다시 수음을 한다

글이 밥이 되고 옷이 되고
지붕이 되고
언덕이 되고
그렇게 나도 될 수 있기를

잠을 망설이며
나를 이어간다
쓰면 쓸수록
행복한 만큼 불행해지고 있다

노인 단상

분주한 도시, 거리의 벤치
자리에 앉자
주섬주섬
자그마한 가방을 연다, 그녀는

조심스러운 움직임 따라
작은 통들이
하나둘
벤치 옆자리에 놓인다, 그녀와

익숙한 손놀림으로
상하기 직전의 외로움을
차례차례
씹어 삼킨다, 그녀가

물 한 모금 마시지 않고
꾸역꾸역
배가 고파 온다
목이 멘다, 그녀보다

오늘의 한 끼가 끝났다

제3부 그러므로… 충혈된 까망

소망사

아버지는
사랑하는 것들로
늙어 가지는 못했으나
그것들로
죽어 가는 행복을 부여받았으면 한다

일출의 장엄한 풍경을 보지 못했으나
일몰의 숭고한 죽음을 보기 위해
떠난 여행에서 돌아오지 못한다고
어머니는 말하고는
빈 술잔을 들고
헛 담배질을 하며
끝나지 않은 여행에서 돌아갔다

해가 뜨고 지는 일은
그 자리를 떠나지 않고
잠들지 않으면 볼 수 있는 일이었다고
버티기만 하면
그날은 올 거라고
애써 시린 눈을 부릅뜨고
기도한다

사랑을 앓다

첫사랑을 잃으며
헛헛함으로
메워지지 않는 시간의 광대함으로
덮이고 쌓이고
떠돌다 잊히는 법을 갖지 못했으므로
정중하게
다가오는 무관심으로
불리는 이름도
부르는 이름도 존재하지 않았으므로
비가 왔으므로
심심했으므로
치과가 보였으므로

이 하나 뽑아 주시죠 아무거나, 아무거나
정 그러시다면 사랑니 하나 뽑으시죠

내게 단단히 박혀 잘 자라던 녀석

하얀 마스크가 들썩이며 말했지 사실 이놈은 생활하는 데
그리 필요한 놈은 아니죠 마치 맹장 하나 떼어 내도 상관없

듯 말입니다…… 하하하

　혹시, 맹장 수술은 하셨나요 요즘은 아예 일찌감치 해 버
리는 경우도 있다던데 하긴 쓸데없는 놈이 아프게 하니까
요…… 하하하

　뿌드득, 사랑니가 뽑혔다
　아직까지는 날 아프게 하지 않고 잘 자라던 녀석

　찔끔, 첫사랑이 보고 싶었다

　그러고도 한참, 나의 매일은
　심심함으로 산을 넘고 바다를 건넜다

　지금 내게는 사랑니도, 맹장도 없다
　그런데도
　쓸데없이 나는 아프다

하루가 다른 하루를 바라볼 때

당신을 읽으면 오래 생각하게 돼

사실 난 그리 한가한 사람이 아니야
일찍 일을 시작해야 하고
오후에는 아이를 학교에서 픽업해야 한다고
또 바로 학원에 데려다주고
곧 운동에도 데려가야 한다니까
그뿐인 줄 알아
집에 오면 집안일도 좀 해야지
난 아내에게 모두 시키는
가부장적인 남편도 아닐 뿐더러
맞벌이기에 어쩔 도리가 없지
설거지도 해야 하고 빨래도, 청소도
아이 저녁도 차려 먹여야 한다고
또 공부에 지치고 혼자 놀기에도 지친 아이와
뭐든 좀 놀아 줘야 하고
아내와 예능프로라도 하나 같이 봐야지
그러자고 사는 거 아니겠어
그러다 보면 하루가 한참 지나 있지
우린 하루하루를 살지만

>

하루만을 살진 않잖아

그러니 부리나케 애써 잠들어야 해

그래야 또 하루를 버틸 것 아니겠어

그런데 이런 내가

어떻게 당신을 읽겠냐고

지난번에는 아이 픽업이 늦었고

지지난번엔 하루를 꼬박 잠들지 못했다니까

나이가 드니 하루치의 상념이

하루에 지워지질 않아

딱딱한 밤

각질처럼 몸에서
떨어져 나가는 하루가
또

넌
내게
더 이상 처음일 수 없다 닳고 닳은 가방 손잡이처럼 매끄
럽게 사타구니를 파고드는 너로 인해 깨어나서는 안 될 꿈
에서 버려졌다 거실을 사막처럼 배회하고 무덤처럼 매캐한
공기 들이켜며 소파에서 임종을 맞이한다

버릴 것을 버리지 못함은 가질 수 없는 것을 가지려는 그
것과 다를 바 없다 겁도 없이, 그걸 모르고 버텨 온 게다 갑
각류에게서는 딱딱한 소리가 나는 것 같아 필사적으로 생
존하려는 의지의 발현 침묵의 압력을 견디고 노동의 반복이
전하는 투박한 위로

단단한 밤
어두운 껍질을 덮고 의자에 덩그러니 앉아 졸고 있는 시

간은 처량한 노동처럼 무던히 나를 스쳐 지나간다

지나만 간다

놓아주려다 놓치다

견고하게 냉동 처리된 생선들을
바다에 던져라
가라앉는 생선들
지느러미의 작은 움직임조차 없이
수직으로
심연의 어둠으로
잠영해 들어가는 것들
단단한 봉인인 양 잠기는 것들
부활의 기도는 없음에도
심해로 떨어져 내린다
약속된 깊이를 지나면
봉인이 풀린 것들이
절망처럼 온 길을 따라 세상을 향해
오르기 시작한다
냉정한 바다에서 버려진
생선들의
멀건 눈알이
네온 불빛에 애써 반짝이며
물 위에서 뻐금거린다

>

다시 돌아왔다고

이제는 돌아갈 수 없다고

아비가 되는 방

난 네 아비다
너를 낳고
참 많이 울었다
네가 세상에 나오고
너를 내가 가진
많은 방 중 하나에 넣었다

그 안에서
여느 아이들처럼 성장했다
부쩍 키가 자란 어느 날의 너는
문고리에 손이 닿자 얼마 지나지 않아
문을 열고 방을 나왔다
그 후
아비의 모든 방을 돌아다니며
너의 흔적을 남기기 시작했다
어느 날은 신발을 숨기고
차 키를 쓰레기통에 넣고
잘 정리된 책들을 넘어뜨리고
벽에 그림을 그려 놓고
온갖 장난감을 늘어놓았다

\>

난 네 아비다

아비의 꿈이 담긴 모든 방에

이미 네가 채워진 난

하루하루 또 다른

네 아비가 되어 간다

자위하는 나의 어머니

당신은 묻습니다
지금 어디 있냐고
그리고 또 묻습니다
거기서 행복하냐고

우리는 하나의 방에서
당신의 방과
나의 방으로
나누어진다

불 켜진 방으로
불 꺼진 방의 습기가
무례한 걸음으로 들어선다
불규칙적인 신음이
땀을 흘린다
규칙적인 소음이 질퍽거린다
숨 가쁜 열기가 척추를 따라
바닥으로 흘러내려 방을 메운다

문고리를 잡은 손에게 말한다

아직이야

아직 더 해야 해

아직 끝나지 않았어

더 길고 지루한 반복의 날들이 필요해

헤아릴 수 없이 많은 낮을 지나서 만난

이 한 번의 밤을 멈출 수 없어

당신에게 묻습니다

거기서 할 수 있냐고

그리고 다시 묻습니다

혼자서도 행복할 수 있냐고

당신도 외로울 수 있고

당신도 노래할 수 있고

당신도 당신일 수 있다고

허기를 끌고

가냘픈 책장은 비어 있고
견고한 상자 속 갇힌 언어들의 비명
창가로 기웃대는 어둠이
또 하나의 하루를 버티고
부어오른 발등을 적실 즈음
입술에 힘을 모은다
문자들이
얄팍한 종이로부터 떨어져 나와
소리가 되고
바람이 된다
뱀의 눈이 달린 바람,
쉬쉬 책장을 넘기고
은밀한 기도문이
두 갈래 빠른 혀를 타고 읽힐 때
그것들은 머리 없는 뱀의 몸뚱이로
새벽 기도 같은 나의
수면을 깨운다

새벽이 비어 있다
허기진 서재로 걸음을 옮기면

야윈 종아리에
뱀 머리 여럿이 박혀 있다

매일 부활하는 잠

밤새 서로를 범하고 나면 흥건하게 흐르는 달큰한 내음이 혈관을 타고 급하게 심장을 벗어나 온몸을 돌아다녔다 그들의 언어는 방언이었다 무심함에 대한 무모함으로 무례한 세상을 향한 외침, 그들의 몸짓은 어둡고 현란했다 북소리 울리면 심장 먼저 쿵쿵 대답했다 아주 잠깐이지만 그것은 간헐적으로 튀어 오르는 근육의 저항인 듯 그들은 사제처럼 축배를 들었다 자고 깨는 일이 죽었다 살아나는 일인 양 버겁다

죽은 듯 쥐는 살아간다

내가 먹은 음식을 먹고
아직 먹지 않은 것마저 먹으며
같은 공간을 누리고
미처 사용치 못한 공간마저 누린다
소리가 들리고
흔적이 남아 있음에도
만날 수 없다
선잠 속에서 흘러나오는
내 기억의 잔해마저 갉아 먹는지
어제조차 드문드문하다
의식하지 않은 순간에도
탱탱한 긴장을 늦추지 않고
지켜보고 들려오는
소리에 숨죽임이 분명하다

녀석은 나의 생각을 먹고
나로 살아가는 것이 분명하다

너에게 먹혀 가는 나는
쥐 죽은 듯……

이별

얼굴이라도 한번 더 보려고
떠나기 전에 네게 들렀다

서로 멀뚱
시선만 맴을 돈다

눈도 맞추지 못한 채
오래전 이야기를 반복한다

반 박자 늦거나 빠른
발걸음조차 어색하다

얼굴도 제대로 못 보고
떠나려는 순간
소리도 못 내고 달아오른 얼굴로
네가 운다

그러지 마…… 왜 그래……

차창을 열고 급하게 잡은 손

한낮의 열기보다 뜨거운 그것이
너의 손안에서 내게 전해진다

두툼하고 무거운 그 손이
듬직하고 미안하다

잘할게…… 잘할게……

눈물이 묻어 축축한 손이
뜨겁게 열이 오르기 시작한 내 손을 더 꽉
잡는다

연락할게…… 연락할게……

박제된 비명

세상에 소음 아닌 게 있을까
가닿으면
제각각 아프다

비명을 지른다
함몰하는 눈동자로
박제된 채
저벅이며 걸음을 옮긴다

마모된 하루를 두르고 들어서는
남루한 저녁의 귀가
시간은 식탁 위에서 화장된 채
먼지로 쌓여 있고
절명하는 시간
흐르는 것은
컵 안의 얼음과
턴테이블 위 바늘뿐

세상은 근사한 녹색으로 녹슬어
소리를 만들고

모든 것들에게 틈을 주고
더 많은 것들을 갈라지게 하고
소리를 가지면
아픔은 잊히고
소리만 기억되어
꼿꼿이 박제된다

멈춰진 시간이
울컥, 하루치의 비명으로
너에게 쏠린다

가족은 잠들고…… 오전 3시 59분

나의 거실은 어둡다
닫힌 방문 틈으로 스며 나오는 불빛과
죽은 낮빛의 조영
차를 마시고 있는 거실을 지나가는 것은
사막에서
바람에 날리는 껄끄러운 비명으로
어둠에 익숙한 벌레들을 깨우는 일처럼
끔찍하게 외롭다

아직 덜 구부러진 자존심을 다시 **빳빳**하게 치켜들고
소파에서 일어선다
어느새 새벽 공기를 담은 소리가 비집고 들어온다
머물다 떠난 이전의 계절처럼
부드럽고 가벼운
체온을 품고
공기를 안고
고립된 거실을 데운다

힘없는 종이 한 장을 식탁에 올린다
보이기 전에

읽히기 전에
글자들이 식탁 아래로 흐른다
행간의 침묵이
고스란히 공간을 메운다

가난은 불편이 아니라 불안이라고
소소한 떨림이라고
제각각인 가족의 계절이
소리에 놀란 냉기처럼
발걸음 무게에 금이 가듯
뒤척인다

급히 식어 가는 거실을 빠져나온다

등 뒤로 가족이 잠들어 있다

끝기도

우리는 긴 시간 낚싯대를 드리우고
앉아 있었습니다
그날은 기억에 없는 날이었습니다
입질도 없고
낚시꾼도 없었습니다
바람도 없고 구름도
그리고 말도
없었습니다
간혹 찰랑거리는 강물이 찌를 흔들고
느린 블루스 연주 같은
시간이 흐느적대며 검은 땅을 드리웠습니다

아직 일어나지 않은
기억 속, 기도
혹시나 일어나지 않을 일이 될까
자리에서 일어서지도 못하고
고개 돌려 바라보지도 못하고
길어지는 그림자를 바라보고만 있습니다

그렇게

한참 후에도 낚싯대를 드리우고

앉아 있을 것입니다

존재하지 않는,

아직 끝나지 않은 기도입니다

제4부 혹은, 추락하는 하양

깨어나는 수면

그 소리는 눈뜰 때까지 멈추지 않고

높아만 간다 그렇게 눈뜨면 비처럼 소음의 사람들이 떨어진다 어김없이

땅에 닿은 그것은 매캐한 시멘트 내음을 안고 무겁게 건물을 기어오른다 죽어 가는 도시의 흐린 그늘 위로 잔상들이 올려진다 서슴없이 일치되는 흑막의 체온 이유도 모른 채

하루 위 하루가 더해지고 설명도 없이 그 위에 포개지고 별안간
그 위로 엎어지고 쌓이고 밀려 사라지고 그만큼의 시간이 꿈과 함께

흘러간다 그냥 있던 곳에서 떠나지 않아도 되던 그곳으로 원하면 언제든 어디서든 멈출 수 있던 곳으로 돌아가고 싶다 사람들은 그렇게 돌아가기 위해 오르고 떨어지기를 내가 깨어날 때까지 나를 끌어안고

내내 반복하고 있다

불 안 붙인 담배를 입에 물고

짧은 편지 한 장 쓰려고 앉아
연필 한 자루 깎는다는 게
컵 속 연필을 모두 깎아 버렸다
의식은 덩그러니 책상 위를 구르다 떨어지고
애써 깎은 연필심이 부러진다
정갈하게 깎여 차곡히
컵 안에서 하늘을 찌른다
그 칼로 오른쪽 엄지손가락 끝
지그시 누른다
고통 없이 표정 없이

붉은 피 칼끝을 타고 배어 나온다
아프지 않았다
습관은 아프지 않게 피를 흘린다
세상은 버릇처럼

슬프지 않아도 눈물을 흘린다
짧은 편지 한 장 못 쓰고
하루를 다 피웠다

외롭다 너처럼

시간의 방부 처리법

나의 오래된 시계는 돌아가기엔 너무 멀리 와 버렸다 그리
하여 끝내 멈춰 버린 심장과 식어 버린 열정 사이에서 허덕
이며 비루한 호흡을 할딱인다 잠수하지 못하는 물고기처럼

별다를 것 없는 어제와 오늘, 어디에도 속하지 않고 간단
없이 깔딱거림의 지루함을 이겨 내며 결단코 완전히 어느 쪽
을 택하지 않는다 무던히 반복의 힘을 빌려 아직은 연명하
고 있음을 검은 눈알 번들대며 죽음으로 증명하고 있다 살
아 있음을 증명하는 것은 죽음뿐이라고 어제와 오늘은 다시
오늘과 내일을

꼼지락거리는 나의
너의
죽지 못한 오래된 시간으로

바람은 혼자서

작은 낙엽을 애써 일으켜 세워
함께 떠나길 재촉한다
못 이기는 척
몇 발짝 발을 떼던 낙엽이 귀찮은 듯
힘을 빼고
바닥에 납작 엎드린다

뱅글뱅글
칭얼대다
삐친 듯
냅다 사라진다

자존심도 없는 듯
다시 돌아와 까닥까닥 건드리며
히죽댄다

결국 같이 갈 거면서
같이 갈 거면서

이몽

너의 울음소리는
나와 다르다

높게 시작해 꺾이듯 올라가다 멈춰 버리는 나와 달리
낮게 시작해서 더욱 깊이 잠겨 드는 너

행여 이 슬픔이 깨질까
혹여 누군가에게 묻을까

그러나
우린 함께 잔다
사그라지는 새벽 별을 향해
깊숙이 스며드는 강 안개의 스산함으로

함께함으로
우린 같이 울고

어쩌지 못함에
또, 달리 서로를 꾼다

비밀을 주고 눈을 감았다

사실 너에게 할 말은 아니다

그냥 구역질 몇 번 참고
꿀꺽 삼켜 버리면 되는 일

목에 생선 가시가 걸렸을 때처럼
눈물 찔끔 나오도록
묵직한 그것을 삼켰으면
아마도
지금쯤
내 몸 언저리 어딘가에서
떵떵거리고 살고 있을 텐데

그래, 너에게 말하는 게 아니었다
하지만

이제 네가 두 눈 찔끔 감고
꿀꺽 삼켜 줘야겠다

그와의 귀로

　　노쇠한 아비는 늙어 가는 아들을 만나서 무리하게 약주를 드셨다 항상 거뜬하던 다리는 앙상해지고 탄탄하던 등허리는 집으로 가는 언덕배기처럼 구부러졌다 자꾸만 감기는 눈에 힘을 주자 서너 겹 쌍꺼풀이 생겨났다 목청이 한껏 높아졌지만 힘이 들어가지 않아 갈라진다 아직 조금 남아 있을지 모를 객기로, 취기로, 늙은 아들은 한껏 다리에 힘을 주고 허리를 곧게 편다 서로 닮은 부자가 한 사람은 경로석에 한 사람은 일반석에 지친 듯 깊이 기대 말이 없다 철렁철렁 삶의 깊은 터널 속으로 철렁철렁 더 깊이 더 멀리 이제 곧 도착할 텐데 자꾸 졸린다 깜박깜박

너에게 비밀이 생길 때

그것만은 말해 줬으면 좋겠다
다른 어떤 말도 아니고
단 한마디

그럼 더 물어보지 않을 것 같다

어린 한 날
아버지가 고집 부리던 내게 했던 말이 있다

악을 쓰고
기어오르던 새파란 자식의
막 피어오르는 따가운 불꽃
아직 날이 서지 않은 칼날
속도를 조절할 줄 모르는 비행

네가 내게 그렇게 말해 줬으면 좋겠다
다른 어떤 말도 아니고
단 한마디

비밀이 생겼다고

\>

그럼 내 아버지처럼
너에게 꼭 이 말을 할 거다
이제 다 컸구나

안부를 묻다

이 땅에 내려앉는
모든 이슬에게
안부를 전한다

너는 하루의 시작이 아닌
하루의 끝부터
울고 있었던 것이다

안부를 물으려다
입을 다문다
그것만으로도
아프게 할 수 있다는
염려 때문이다

그렇게
괜스레
이슬을 어루만진다

폐선

끝내

검은 모래바람을 들이켜고
지평선 너머로
찢어진 돛을 날리더라도

머무는 것이 아니라
단지
멈춰 선 곳에서
닻을 품고

버티는 것이다

숯

갈 데까지 간 놈이
가만히 가슴에 불을 품고
앉아 있는 꼴을 봐

거참,

뭐가 남았다고

어라, 잠깐 한눈판 사이에
더 깊숙이 흰옷을 덧입고 들어섰네

갈수록 은밀히 숨어드네

저…… 저…… 불경스러운
기분 나쁜 불을 잡아

아! 뜨거워!!
깨어지는 걸 보니
알알이 작은 불씨들을 많이도 모아 두었구나

권태로움으로 쓰다

1.

블라인드가 쳐진 칙칙한 나의 거실에는 질편한 포르노가 아침부터 상영되고 있다 잠을 깨지 않은 녀석을 살포시 움켜쥐고 여간 힘든 게 아니다 화면의 속도를 조절하며 조금만 더…… 조금만 더

담배 냄새가 짙게 배어 있는 매트리스에 엎어져 창밖으로부터 들려오는 여인의 경쾌한 구두 소리 속으로 사정을 한다 이제 하루가 시작되는 것이다

사랑과 죽음이 가깝다는 생각이 들기 시작할 무렵 컴퓨터 속에 쌓여 있던 파일들을 지웠다 도저히 이해되지도 설명되지도 않는 뒤죽박죽의 시나리오에서는 같은 배우가 다른 배우와 끊임없이 잠들고 나에게 한번쯤 오기를 기다리기도 한 것이다 나른한 눈빛으로 적당한 거리를 두고 네가 다가와시커먼 빛의 칼을 내 심장 깊숙이 들이밀 때까지

2.

그 시작은 미미했다 이를테면 행복해지는 또는 따뜻해지는 어쩌면 그보다 더 사소한 내 집, 어디에선가 끊임없이 번식하는 바퀴벌레들처럼 소리 없이 자신들의 집을 내 집 안

에서 늘려 가는 거미들의 뻔뻔한 부지런함처럼

툭, 던져진 작은 울림으로 그만이었다 그만인 줄 알았다 그 작은 울림이 내 의식의 가장 여리고 위태로운 꼭짓점을 흔들어 놓은 것도 모른 채 아침은 계속되었다 한 번도 가보지 못한 의식의 끝, 깊고도 높은 더럽고도 성스러운 그곳에서부터 밖으로 무너지고 있는 줄 몰랐다

3.
기다릴 뿐이다
그 무너짐의 첫 희생자로

4.
한동안 암흑처럼 조용하다 아무런 요동도 없이 멈춰진 공간 속의 부유 내 안의 무너짐을 담아내고 있다 무기력을 양육하는 그것의 웅크림 식곤증처럼 평화로운 흐름이 집 안의 곳곳을 유영해 나간다 너를 피해 밖으로 달아나면 세상의 길들은 한없이 갈라지고 있다 사방이 펑 뚫린 감옥 안에서 일정량의 자유와 적당량의 사랑으로

>

5.

일을 하기 위해 밖으로 나가는 일 누군가의 기념일이나 생일을 축하하기 위해 전화를 걸거나 편지를 쓰는 일 아무 때고 여유로운 걸음으로 산책을 나서는 일 할 일 없이 누군가를 기다리고 또 그리워하는 일 무엇을 먹어야 할지 진지하게 고민하는 일 지나가는 사람들의 폭력적인 행렬, 그 끄트머리에 간신히 붙어 쫓아가는 일 하루에 한 번씩 우체통을 검사하는 일 무언가를 하고 있으면서도 무언가를 해야 한다는 생각을 하는 일 두드리는 문소리에 일어서는 일 물어보고 또 대답하는 일 그리고 결국 문을 여는 일까지

나는 질렸다 질린 일들을 질리도록 반복하는 일에, 멈추지 못하고 질려 가는 나에게 질렸다 마라톤을 마친 선수의 모습이 아닌, 단거리 선수의 모습으로 질렸다 지치기도 전에 난 질린 것이다 그러니 제발 날 위해 문을 두드리지 말고 그냥 들어와 줘

검은 손길의
넓은 평안으로
나의 머리끝에서
발끝까지

>
6.
그리하여 그곳을 생각한다

쉬지 않고 달려도 닿지 못할 넓은 땅의 끝과 멈추지 않고 붉은 피를 뿜어댈 심장, 내 몸에 배어 버린 너의 향기는 그곳에 머물고 그곳에서 내게 글을 보내고 그곳에서 너의 목소리로 전해지고 있다 난 끊임없이 그곳을 생각한다

북적이는 시장의 소리와 거리를 달구는 태양의 비명과 향기를 날리는 바람의 흔들림 어미를 부르는 아이와 아이를 부르는 아비의 목소리가 담겨 웅성거리는

땅거미가 지고 있는 지금
하루는 끝나지 않았다

사랑하는 사람을 절실히 죽이고 싶어 하는 저주가 있다 사랑받고 있기에 가장 먼저 죽음을 맞는 축복이 있다 먼저 사랑을 해서도 안 되고 늦게 사랑을 끝내도 안 된다 눈부신 일상의 평화로운 시간을 찌르는 칼날의 시린 예리함이 너를 떠오르게 한다

>

그곳을 떠올릴 때

난, 풍경 밖 그림자가 된다

꽃잎에 물든 봄

피어지지 못하고
피고 지지 못해서
그게 서러워 우는 게 아니다
피 흘리고 지워지고
피 흘리며 지워져서
그게 아파 이러는 게 아니다

시들어 꺾이기 전에
향기조차 맺히기 전에
찢기고 뽑힌 게
이제 와 한스러운 건
더더욱 아니다

컹컹컹
어둠은 개 떼처럼
시시때때로 상처를 물다가 핥고
신음은 매일 밤
비명처럼 이어졌다

비명이 울음 되던 밤

>

꺽꺽꺽

기어코 봄은 왔다

여린 꽃잎은

문신처럼 지워지지 않는 색을 드러내고

물기 어린 흙을 움켜쥔 뿌리는 아귀에 힘을 준다

남은 꽃잎마저 떨어지면

다 지워지고 덮여서

아파하는 이도, 그 기억도 없어지면

거슬러 오르면 봄이 아닌 날이 있었을까

단 한 번도 피지 못했으나

종국에는 지지 않는 꽃으로

내내 봄인 것이다

＊ 위안부 할머니에게 바치는 시.

피고 지고 서럽고

꽃이 피어 서럽고
꽃이 져서 서럽다
넓은 땅도, 좋은 집도
원치 않는다

작은 온기에
잠깐 기지개 켜듯 피고
한숨처럼 사라질 터

긴 겨울의 밤
불 없이 집을 찾고
집 없이 길을 떠난다

그 어디쯤
너는 나를 한번 바라보고
흔들리다 흩어질 터

해 설

21세기 이상李箱의 새로운 초상

방민호(문학평론가, 서울대학교 국문과 교수)

1. 한 불면증 시인의 임상 고백

작가 이상은 알레고리의 작가였을 뿐 아니라 사소설의 작가이기도 했다. 「날개」를 사소설로만 읽는 것은 오독으로 향하는 지름길이지만 동시에 「종생기」를 알레고리로만 읽는다면 이 또한 실패를 예고할 것이다.

그는 아슬아슬한 '도승사'의 문법으로 시와 소설을 썼는데, 「종생기」는 그가 일종의 불면증 환자였음을 보여 준다. 여기서 그는 '나'라는 일인칭 화자의 목소리로 이렇게 썼다.

"나는 지난 밤사이에 내 평생을 경력하였다."

"경력하였다"라는 표현이 아주 독특하다. "경력經歷"이란 지나간 이력을 말하는 것일 텐데, 그렇다면 그는 지난 하룻

밤 사이에 자신의 평생을 다 훑어 내어 버렸다는 것이다. 물론 이 훑어 냄은 생각으로써, 기억으로써였을 것이다.

그리고 나서 아침이 오자 그는 깜짝 놀라고 만다. "이키! 남들이 보는 데서는 나는 가급적 어쭙지 않게 잠을 자야 되는 것인 것을, 하고 늘 이를 닦고 그러고는 얼른 자 버릇하는 것이었다." 그는 밤새 한숨도 눈 못 붙이고 번히 뜬눈으로 지새 놓고는 아침이 와 버린 것을 보고는 남들에게 그런 자신의 모습을 들킬까 봐 놀라는 것이다.

이런 작가 이상의 존재를 알고 있는 까닭일 것이다. 필자는 이 김준철이라는 독특한 시인의 시들을 접하면서, 어쩔 수 없이, '그는 이상을 닮은 시인이구나' 하고 당연한 연상 작용에 빠져들지 않을 수 없다. 그도 그럴 것이 이 시집은 전체가 일종의 자기 고백서, 그것도 불면증 환자의 자기 고백서에 다름 아니기 때문이다.

이 가운데에서도 상당수 분량의 시들은 시인이 오래 계속되는 불면증에 시달리고 있음을 명확히 해 준다. 예를 들면 이런 시, 「매일 부활하는 잠」에서 그는 "자고 깨는 일이 죽었다 살아나는 일인 양 버겁다"라고 하고, 「불면이 웃는다」에서는 "더딘 시간이/ 히죽거린다"고, "귀신처럼 밤은/ 잠들지 못한 것을 알아차렸다"고도 한다.

그렇게 해서 어떤 일이 벌어지는 것일까? 이 불면증 환자는 바로 그 불면의 나날들 때문에 무엇보다 시간이라는 것을 아주 날카롭게, 그리고 피부에 와닿는 촉감으로 느끼지 않을 수 없는 사람이 되고 만다. 그리고 또 그 때문에 그의 시들에서 시간의 의미를 함축한 시구들, 불면 상황에 처한 자신을 설명하는 시구들은 날카로운 비유법적 표현을 수반하기에 이른다. 예를 들어, 「딱딱한 밤」은 "각질처럼 몸에서/ 떨어져 나가는 하루"라는 표현을 보여 준다. "단단한 밤/ 어두운 껍질을 덮고"라는 표현도 나타난다. 「불면이 웃는다」는 "무한의 밤으로 들러붙어/ 벗겨지지 않는 끈적한 껍질"이라는 표현을 보여 주기도 한다. 또 「시간의 방부 처리법」에서는 "나의 오래된 시계는 돌아가기엔 너무 멀리 와 버렸다 그리하여 끝내 멈춰 버린 심장과 식어 버린 열정 사이에서 허덕이며 비루한 호흡을 할딱인다 잠수하지 못하는 물고기처럼"이라고 한다.

한밤 내내 잠들지 못하는 시인에게 반복되는 불면의 밤, 그리고 그 밤의 시간은 감당하기에는 너무 무겁고도 깊은 질량을, 질감을 수반하며 그를 육박해 오곤 한다. 이 무서운 밤의, 시간의 존재감 속에서 그는 어제에서 오늘로, 그리고 오늘에서 내일로 연결되는 '무한한' 시간의 흐름을 '감각한다'. 이 깊이 모를, 무게 측량하기 어려운 시간의 흐름 속에서 그는 어쩔 수 없이 자신의 평생을 '경력'하지 않을 수 없다. 그는 저 옛날의 빛나는 작가 시인 이상처럼 밤마다 자신의 평생을 경력한 끝에 "드디어 쭈굴쭈굴하게 노쇠해 버"리지 않을 수 없다.

그렇다면 아침이 오면 이 시인도 남들 좀 보라고 늦은 낮까지 잠을 '연기'하는 생활을 할 수 있던가? 그렇지 않은 것 같다. 이 고단한 21세기의 이상은 밤새 잠을 못 이루고도

새로 열리는 아침에 남들처럼, 생활의 적응을 이루어야 한
다. 그러니 그의 낮의 '몽롱함'은 결코 연기가 아닌 현실이
어야 할 텐데, 그럼에도 그는 놀라운 낮의 자기 연기를 보
여 준다. 다음과 같은 시에서 이를 명확히 확인할 수 있다.

가끔
내가 날 흉내 낸다
사실
날 따라하기란 쉽지 않다
별다른 특징도 없고
밋밋한 위인이다

목소리, 버릇, 습관
모두를 감쪽같이 속이고
나는 오늘도 나였다

내가 온전히 나이기 쉽지 않은 무대에서
차라리 그렇게
흉내라도 내야 나일 수 있게 된다
—「개인기」 전문

　필자는 이 시가 보여 주는 시인의 '자기 연기' 행위에 주
목한다. 이 시인에게는 확실히 이상의 '거울' '자화상' 연작

이 보여 주는, 분리된 두 개의 자아에 관한 예리한 의식이 존재한다.

'나'를 "흉내" 내는 '나'와 그것을 의식하는 '나' 사이의 괴리, '자기'를 연기하는 '자기'에 관한 고통스러운 의식, 삶의 연기 행위로서의 자신의 삶과 그 의식을 언어로 옮기는 시인으로서의 삶 사이의 균열에 대한 의식…… 이런 의미에서 바로 이 시집은 자의식의 한 움큼 '덩어리'다.

2.

한편으로, 이 시집이 보여 주는 중요한 특징 가운데 하나는 시인의, 가족에 대한, 그리고 가족을 향한 또 다른 깊은 자의식일 것이다. 이는 예의 그 '불면증'과 더불어 이 시집의 시들을 추동하는 근본적 동력의 하나다.

이 글을 시작하면서 저 불면증 시인 이상에의 유추를 빌렸던 것과 같이 여기서 다시 한번 화제를 이상의 '가족 문제'로 돌려 보자고 생각한다.

깊은 자의식의 작가 시인 이상은 불행한 가족사의 산물이기도 했다. 그는 인쇄소에서 손가락을 세 개나 잃은 아버지와 얼굴이 얽은 어머니 사이에서 장남으로 태어났다. 곧이어 자식이 없던 백부, 큰아버지의 집에 양자로 들어가지만 뇌출혈로 그가 세상을 떠날 즈음에는 백부의 호적에는 아이 딸린 여자가 정식으로 들어서 있었다. 아무 보상도 없는 것이나 다름없이 친부, 친모의 집으로 돌아와야 했던 이상의 두 어깨에는 지독한 가난이 짊어지워 있었다. 또, 그는 열일곱 살에 아이를 낳은 적 있는, 스물한 살의, 앳되어 보이는 '경산부經産婦' 금홍을 만나 사랑을 하다 헤어졌고, 다시 신여성 변동림과 결혼했지만 불과 3, 4개월 만에 새로운 예술을 찾아 도쿄로 떠났다.

자신을 둘러싼 이 낯익으면서도 낯선 가족의 형상들, 그 속에서 이상은 장자이자 '오라비'로서의, '형'으로서의, '지아비'로서의 의무를 의식한 존재이면서 동시에 그 모든 것을 버리고서라도 예술을 향해 날아오르고자 하는 열망을 불태운 사람이었다.

필자는 이 시집에 나타난 김준철 시인의 끈질긴 가족 '묘사' 속에서 저 옛날 시인 이상이 감내했던 것과 같은, 뒤얽힌 가족 관계에서 초래된 슬픔을 엿본다. 예를 들어, "그랬다 어머니는 내게 젖을 주지 않았다 두 살 아래 동생은 어리다는 이유로 어머니와 잤고 나는 식모와 잤다"라는 구절로 시작되는 「나비의 봄」과, 「자위하는 나의 어머니」 같은 작품, 그리고 「서성이다 멈춘 잠」 「지극히 불안한」 「소망사」 「아비가 되는 방」 「그와의 귀로」 등등. 시인이 한 시집에서 이렇게 많은 '아버지 시'를 쓸 수도 있구나, 하고 생각하게 만드는 작품들은 이 시인이 그의 성장사나 현재의 삶 속에서 어떤 임상병리학적인 가족 관계망에 뒤얽혀 있음을 강력하게 시사한다.

이렇게도 말할 수 있을 듯하다. 즉, 이 시집의 시인은 먼

유년, 소년 시대로부터 불어오는 메마른 바람, 균열된 가
족의 끔찍한 기억으로부터 아직도 자유롭지 못하다고 말이
다. 예를 들어 다음과 같은 '아버지 시'들을 살펴보자.

(가)
너처럼 네가 아니고
나인 양 내가 못 된다

아버지를 닮은 나는
그럼에도
결국, 내 아버지는 아니라는
그것에 대한
안도감이 주는 절망감
그 모호함은
나를 살아 내게 하는 무지함을 만든다

아버지는 아들이었고
아들은 아버지였다

극도로 안전한

　　　　　　　　　　　　　　　—「지극히 불안한」 전문

(나)

난 네 아비다

너를 낳고

참 많이 울었다

네가 세상에 나오고

너를 내가 가진

많은 방 중 하나에 넣었다

그 안에서

여느 아이들처럼 성장했다

부쩍 키가 자란 어느 날의 너는

문고리에 손이 닿자 얼마 지나지 않아

문을 열고 방을 나왔다

그 후

아비의 모든 방을 돌아다니며

너의 흔적을 남기기 시작했다

어느 날은 신발을 숨기고

차 키를 쓰레기통에 넣고

잘 정리된 책들을 넘어뜨리고

벽에 그림을 그려 놓고

온갖 장난감을 늘어놓았다

난 네 아비다

아비의 꿈이 담긴 모든 방에

이미 네가 채워진 난

하루하루 또 다른

네 아비가 되어 간다

　　　　　　—「아비가 되는 방」 전문

　위의 인용시들, (가) 「지극히 불안한」과 (나) 「아비가 되는 방」은 '나'와 '나'의 아버지의 관계 양상을 가늠하게 해 준다. (가)에서 "극도로 안전한"이라고 표현한 아버지와 아들의 관계는 사실은 시의 제목이 가리키듯이 '지극히 불안하다'. 이 시에서 아들인 '나'는 '나의 아버지'와 닮았다는 불안감 속에서, 그러면서도 '나'는 결국 '나의 아버지'는 아니라는 또 다른 불안감 속에서 살아간다. (나)에서 시인은 '나의 아버지'를 화자로 삼아 또 다른 아버지와 아들의 이야기를 전개한다. 이 시는 시인과 그의 아버지의 관계를 이야기한 것이라고 할 수도 있고, 보기에 따라서는 그 자신과 자기의 아들과의 관계를 이야기하고 있다고도 해석해 볼 수 있다. 물론 전자 쪽으로 해석의 무게는 기울어진다.

　이 이야기 속에서 아버지는 아마도 시인일 아들을 자신의 방에 넣어 두었다고 한다. 읽기에 따라 이 "많은 방 중 하나에 넣었다"라는 표현은 감금했다든가 가두었다든가 하는 뜻으로도 해석될 수 있다. 그렇게 되면 이 이야기는 아들이 아버지의 감금을 풀고 스스로 자유를 얻게 되는 과정을 그

113

려 놓은 것이 된다. 이렇게 아들이 아버지라는 억압을 이겨
내는 과정은 저 프로이트 정신분석학의 기본적 설정이다.
필자는 그런 오이디푸스 삼각형 구도를 신뢰하지만은 않지
만, 확실히 이 시집을 펴낸 시인은 어머니와 아버지와 자기
라는 오이디푸스적 구도로부터 벗어나기 위해 힘겨운 투쟁
을 필요로 했던 것으로 보인다.

　이상에게 있어 금홍이나 변동림과의 사랑, 그리고 정확
하지 않은 또 다른 연애 사건 같은 것은 그로 하여금 미술
학도의 꿈을 접고 경성고등공업에 진학하도록 한 백부의 억
압과, 가난하기 짝이 없는 친부와 친모의 가족적 굴레로부
터 벗어나기 위한 방법적 수단으로서의 의미를 지니고 있었
다고도 볼 수 있다. 그리고 바로 그러한 맥락에서 이 시집
에 나타나는 '사랑 시'들, 예컨대, 「끄덕끄덕」「지금은 없다」
「꽃을 청하다」「사랑, 부르다」「우리의 시간은 다르게 흘러
간다」「사랑을 앓다」「이별」「이몽」 같은 시들의 긴 목록은 김
준철 시인으로 하여금 아버지와 어머니라는 '주박'에서 벗어
나기 위한 일종의 방법적 수단, 장치였다고도 볼 수 있을 것
이다. 이 시들 가운데 여기서는 맨 처음에 열거된 시를 다시
한번 돌아보고자 한다.

　길 건너, 노란
　파라솔파라솔파라솔파라솔파라솔
　갸웃
　휘청이더니

의아한 표정으로 노래한다

창문에창문에창문에창문에창문에
삐죽 고개를 내민다
바람이바람이바람이바람이바람이
토닥이며 지나간다
이제는이제는이제는이제는이제는
아프지 않다고

지나가는 바람에 머리칼이 끄덕인다

괜찮은 것 같다고
안 아플 것 같다고
그렇게 버틸 수 있다고
그런 것 같다고

끄덕인다

—「끄덕끄덕」 전문

고통은 또 다른 고통으로만 다스릴 수 있는지도 모른다는
진실을 이 시는 알려 준다고나 할까? 시인에게 있어 자신을
둘러싼 가족적 관계의 굴레는 이 광기 어린 사랑의 연기 행
위의 끝막음을 통해서만 비로소 견딜 만한 것으로 전화되었
는지도 모른다고 생각한다. 그리고 이 사랑의 연기가 끝난

자리에 다시 나타난 사랑은 그를 "뭉뚝한 시인"으로 전락시켜 버리지만 그러나 그것은 이 시인이 즐겨 구사하는 또 다른 반어일지도 모른다.

철철 우는 그녀 앞에서
난 같이 울지도,
애써 달래지도 못했다
그러는 사이
아내의 울음은
길어졌고 깊어졌다
멎었다 이어졌고
낮았다 높아졌다

철철 우는 그대 뒤에서
난 따라 울지도,
왜 우냐 묻지도 못했다

어느새 나는
뭉뚝한 시인이 되어 버렸다
　　　　　　　　　　　　　　—「마른 칼이 슬프다」 전문

이 시에서의 화자는, 마땅히 시인 자신일 텐데, "철철 우는" "아내의 울음" 앞에서 "따라 울지도", "왜 우냐 묻지도 못"하고 있다. 이를 가리켜 시인은 "어느새" 자신은 "뭉뚝한 시인"이 되어 버렸다고, 체념적으로 '규정'한다.

그런데 여기서 뭉뚝하다는 것은 무엇인가? 하면, 사전식으로 말하면 그것은 어떤 물건의 끝이 아주 짧고 무딘 것을 의미한다. 가장 감각 예민해야 하고 표현 날카로워야 할 시인이 자기 자신을 가리켜 "뭉뚝"하다고 하는 것은 슬픈 고백일 테지만, 그러나 이것은 확실히 어떤 반어적인, 역설적인 상황을 암시하고 있다고 해야겠다.

다시 말해 시인은 전혀 뭉뚝하지 않다. 아니, 그의 시들을 보면 그는 참으로 고통스러운 자기 상황으로부터 함께 슬퍼하거나 분노할 수조차 없는 상태에 놓여 있고 이를 너무나 예민하게 의식하고 있다. 그러나 이제 높은 고비를 넘기고 '세컨드 윈드'에 다다른 시인은 자신의 삶, 그 실존적 조건을 정직하게, 정면으로 받아들이는 태도를 수립한다.

(가)

하루, 시를 쓰면

하루치의 가난이

일주일을 당겨 쓰면

그만큼의 조급함이

한 달을 끌고 버티면

깊은 목 졸림으로

나의 변사체가

천장을 떠다닌다

쓰면 쓸수록

배가 고프고 초라해지고

빈곤이 검은 강에서

질식한다

지치지도 않는 죽음에서 기어 나와

혼자임에 자위하며

허덕이다가

몰래 쓴다

쓰고 쓰고 쓰며

죽고 죽고 죽어

다락방에서 꿈꾸다

지하 방에서 다시 수음을 한다

글이 밥이 되고 옷이 되고

지붕이 되고

언덕이 되고

그렇게 나도 될 수 있기를

잠을 망설이며

나를 이어간다

쓰면 쓸수록

행복한 만큼 불행해지고 있다

—「작작하다」 전문

(나)

단단히 조여진 녀석을 푸느라 땀이 배어난다

처음 자리를 잡고

다시는

다시는 움직이지 않겠다는 다짐으로

조였던 것이 화근

측은한 표정의 아내가 콧등의 땀을 닦아 주고

나는 괜스레 울화가 치민다

다시 이사를 와 가구를 조립하며

또다시 손목에 힘이 들어간다

진짜 이번에는

정말 여기서 끝이다

하지만 자꾸 헛바퀴 도는 나사의

이미 헐거워진 구멍이

나를 닮았는지 실없이 울어댄다

—「가구」 전문

이 두 편의 시를 보면 시인은 여전히 고통과 어둠의 힘에서 완전히 자유롭지 못하지만 바로 그러한 자신의 실존적 조건을 있는 힘껏 응시한다. "불행"의 "끝"을 예리하게 의식하는 그 시선에서 새로운 힘이 생성될 것이다.

3. 반복되는 '시간'의 늪을 건너는 법

이 시집은 이제까지 논의한 깊은 시인적 자의식과 새로운 태도에 뿌리를 두고 있다. 필자는 이에 관해서는 이 글의 마지막 장에 가서 다시 한번 이야기할 것이다. 여기서는 먼저 이 시인이 오랜 '불면증'과 '고통'의 나날로부터 얻은 것이 무엇인가에 주의를 집중해 보기로 한다.

먼저, 불면증적 고통은 그의 '시간'에 다른 시인들의 그것과는 다른 감각과 인식을 부여하도록 한다. 그의 '어제'는 '오늘'로 잠 '없이' 이어지는 까닭에 다음과 같은 시의 2연과 같은 시적 표현이 가능했으리라 생각한다.

이 땅에 내려앉는
모든 이슬에게
안부를 전한다

너는 하루의 시작이 아닌
하루의 끝부터

울고 있었던 것이다

안부를 물으려다
입을 다문다
그것만으로도
아프게 할 수 있다는
염려 때문이다

그렇게
괜스레
이슬을 어루만진다

　　　　　　　　　　—「안부를 묻다」 전문

　여기서 그는 좋은 시인들이 늘 '개별'로부터 '보편'으로
수직 상승해 가듯이 '지금·이곳'의 한 방울의 이슬로부터
"이 땅에 내려앉는/ 모든 이슬"로 시선을 옮긴다. 그럼으로
써 이 시는 존재론적, 인식론적 의미망을 구성한다. 이 "모
든 이슬"은 찰나의 생명을 띠고 세상에 나오는 모든 피조물
이 될 수 있다.
　이 모든 연민스러운 존재들을 향해 시인은 마음속 깊은
곳에서부터 솟아나는 "안부"를 전한다. 이 "모든 이슬"들
의 아픔은 어제에 끝나지 않고 오늘 새로 솟아나지도 않는
다. 이 시의 2연이 말해 주듯이 시인의 인식에 따르면, 이
슬, 즉 "너"는 "하루의 시작이 아닌" "하루의 끝부터" "울고

있었던 것이다".

다음으로, 어제로부터 오늘로 연속되는 시간의 인식은 반복되는 삶, 그 일상에 대한 날카로운 인식과 성찰을 가능케 하는 기제로 작용한다. 이 시집에 실린 '유일한' 장시 「권태로움으로 쓰다」는 이러한 시인의 인식과 성찰이 가져다 준 일상적 삶의 모놀로그적 드라마일 것이다. 불면증을 앓으며 맞이하는 아침으로부터 땅거미가 질 때까지 하루치의 상념을 여섯 개의 '장'에 나누어 풀어헤친 이 드라마틱한 시는 반복되는 삶에 대한 깊은 '권태'의 묘사로부터, 그로부터 벗어난 "그곳"에의 염원까지 치열한 의식의 흐름을 포기하지 않고 이어 나간다.

여기서 시인은 사실적 구체성과 진실의 노출에 놀라울 만큼의 성실성과 용기를 발휘하여, 반복되는 일상의 피로를 초극한 새로운 세계에의 염원을 피력한다. 전혀 시적이지 않을 것 같은 상황들이 여기 들어와서는 시인의 시적 이데아를 구축하기 위한, 일종의 재료로 '사용'되는 것을 볼 수 있다.

또 그렇게 해서 다다른 저녁의 이야기를 담은 6연은 얼마나 깊고 뜨거운 '염원'을, 그리고 '사랑'을 노래하고 있는가?

그리하여 그곳을 생각한다

쉬지 않고 달려도 닿지 못할 넓은 땅의 끝과 멈추지 않고
붉은 피를 뿜어낼 심장, 내 몸에 배어 버린 너의 향기는 그

곳에 머물고 그곳에서 내게 글을 보내고 그곳에서 너의 목
소리로 전해지고 있다 난 끊임없이 그곳을 생각한다

북적이는 시장의 소리와 거리를 달구는 태양의 비명과
향기를 날리는 바람의 흔들림 어미를 부르는 아이와 아이
를 부르는 아비의 목소리가 담겨 웅성거리는

땅거미가 지고 있는 지금
하루는 끝나지 않았다

사랑하는 사람을 절실히 죽이고 싶어 하는 저주가 있다
사랑받고 있기에 가장 먼저 죽음을 맞는 축복이 있다 먼저
사랑을 해서도 안 되고 늦게 사랑을 끝내도 안 된다 눈부
신 일상의 평화로운 시간을 찌르는 칼날의 시린 예리함이
너를 떠오르게 한다

그곳을 떠올릴 때
난, 풍경 밖 그림자가 된다
                                        ―「권태로움으로 쓰다」 부분

이 시에서 1장에서 5장에 이르기까지 권태로움 그득한 일
상의 삶에 대한 치열한 묘사와 성찰을 이어 온 화자는 이 6
장에 이르러서 "그곳", 즉 "쉬지 않고 달려도 닿지 못할 넓

은 땅의 끝"과, 그것과 동격을 이루는 바 "멈추지 않고 붉은 피를 뿜어댈 심장"에 관해 생각한다. 이 격동하는 '심장의 땅의 끝'에는 "너의 향기"가 머물러 있는데, 그냥 머물러 있어 '나'를 부르기만 하는 것이 아니라, 여기 있는 '나'를 향해 글을 보내고 목소리로 부르고 그럼으로써 "내 몸"을 "너의 향기"로 물들게 한다. 그리하여 "난 끊임없이 그곳을 생각"할 수 있다.

또 바로 그러하기에 '나'의 하루는 그 아무리 권태롭고 힘들더라도 그런 지친 피로의 하루로 끝나지 않는다. '지금·이곳'은 놀라운 전변을 이루며 새로운 활력을 부여받는다. 그것은 이제 사랑과 저주와 죽음의 축복이 뜨겁게 약동하는 "눈부신 일상"으로, "평화로운 시간을 찌르는 칼날의 시린 예리함"이 숨 쉬는, 생동하는 것이 된다. 또 그럼으로써 '나'는 이 모든 권태로운 일상으로부터 문득, 훌쩍, 벗어나 "풍경 밖 그림자"가 될 수 있다. 모든 권태로운 일상의 풍경에서 벗어나 다가오는 새로운 삶을 맞이하는 '진자眞者'로 거듭나는 것이다.

4. 사물들, 사람들은 어떻게 새로 눈뜨는가?

이렇게 시인이 세상을 새롭게 보는 눈을 획득했을 때 세상을 이루는 물상들, 사람들, 그리고 삶은 어떻게 다른 모습을 띠게 되는가?

이와 관련하여 이 시집은 예기치 않은 곳곳에 시적 개성과 표현력이 빛나는 시들을 숨겨 두고 있다. 이 시집의 네 개의 부 모두에서 그런 시들을 찾아볼 수 있는데, 짧은 시「폐선」과 더불어, 다음의 시는 사물들에 내재된 신선한 생명력을 포착한 경우에 속한다.

갈 데까지 간 놈이
가만히 가슴에 불을 품고
앉아 있는 꼴을 봐

거참,

뭐가 남았다고

어라, 잠깐 한눈판 사이에
더 깊숙이 흰옷을 덧입고 들어섰네

갈수록 은밀히 숨어드네

저…… 저…… 불경스러운
기분 나쁜 불을 잡아

아! 뜨거워!!

깨어지는 걸 보니

알알이 작은 불씨들을 많이도 모아 두었구나

—「숯」 전문

이 시의 첫 구절이 말하고 있는 것처럼 '숯'은 이미 다 타 버린 존재라는 의미에서 "갈 데까지 간 놈"이라고 할 수 있다. 이미 다 살아 버렸다는 것, 생명이라고 주장할 만한 열정을 갖고 있지 못한 것 같은 단계에 다다랐다는 점에서 '숯'은 '놈' 자 소리를 들어도 날카롭게 항변할 수 없는 신세 처량한 사물일 수 있다. 그러나 이 '숯'은 아직 "가슴에 불을 품고" 있다. 그뿐 아니라 타들어 가면 들어갈수록 "더 깊숙이 흰옷을 덧입고" "갈수록 은밀히" "숨어드"는 타오름을 간직하며 새로운 삶을 기약하고 있다.

시인은 이 '숯'에게서 "불경스러운", 그러니까 사람들의 상식을 무시하고 넘어서는 생명력을 본다. "기분 나쁜 불"이라는 표현도, "불경스러운"이라는 표현과 마찬가지로 하나의 반어다. 사실은 그것은 이 '숯'을 바라보는 화자를 기분 나쁘게 만들지도, 불경스럽다고 느끼게 만들지도 않는다. 이 기분 나쁨과 불경스러움은 놀라움의 반어적 표현에 다름 아니다. 이 화자는 "알알이 작은 불씨들을 많이도 모아 두"고 새로운 타오름을 기약하고 있는, '숯'의 숨은 힘과 열정에 탄복하고 있으며, 그 자신 또한 그러한 삶을 창조해야 하겠다고 고개 끄덕이며 긍정하는 것이다.

필자는 이러한 '숯'에 대한 관찰과 의미상 아주 잘 통하는 시 한 편을 또한 발견한다. 「불 지른 기억이 있다」는 아마도 유소년 시절의 불장난의 기억이라고 할 수도 있겠지만, 이 시의 다음 부분은 "화상처럼 지워지지 않는 기억"(「불 지른 기억이 있다」), 그 불장난에 대한 완전한 긍정을, 새로운 '불장난', 그 타오름을 향한 열정을 표현하고 있다.

매캐한 비밀이 자라 젊은 날 품었던 열기에 대한 기억까
지 피워 올렸다 가닿는 모든 것이 활활 타오르는 불이 되었
던 때였다 타고 타도 잦아들지 않던 영원히 타오를 것 같던
시뻘건 불길 속으로 나조차도 불이 되었던 무차별한 방화
의 시간 환상 따윈 없는

—「불 지른 기억이 있다」 부분

한편으로 이 시집은 시인 자신의 생활의 강렬한 '기록'들이라고 할 수도 있는데, 그러한 나날의 일상에서도 시인은 삶의 경이로움을 발견한다. 다음의 시는 그 하나의 사례다.

사는 게 참 좋다
늙는 것도 참 좋다
덜 아플 수도
덜 매달릴 수도 있다
시간의 빠른 물살 위에서도
가만히 눈 감고
쏟아져 내리는 햇살의 무게를

온몸으로 받아 낼 수 있으며

계절의 가벼운 변심처럼 무심함 속에서 옅은 몸살도 오
래 앓을 수 있다 오르내리던 신열이 멎을 때쯤에는 하고 싶
은 일도 먹고 싶은 것도 기억나지 않을 것이다 배가 꼬이고
눈물이 쏟아지게 웃기는 일도 아득해진다 이름이 잊히면
얼굴이 지워지고 얼굴이 지워지면 추억이 잊힌다 하나둘
이름이 지워지듯 얼굴도 흐려진다 아팠던 일들 무뎌지듯이
아무렇지 않던 일들 날카로운 가시 솜털로 목에 걸려 내려
가질 않는다 잊혔던

상처가 땅거미로
발목을 타고 오르지만
그래도 사는 게 좋다
늙는 것도 좋다

그대와 함께여서 참 좋다
                                        ―「늙어가며 당신에게」 전문

이 시에서 화자는 '늙는다'라는 무기력화 현상에서 역설
적인 '보람'을 발견하는 이야기다. 화자는 늙음 속에서 "덜
아플 수도/ 덜 매달릴 수도 있다"고 하는데, 이 평범한 듯한
늙음의 재발견에 따르는 '보람'은 「마른 칼이 슬프다」 「달고
쓰고 맵고 짠」 「아내에게 닿다」 「가족은 잠들고…… 오전 3시

59분」 등이 보여 주는, 아내와 아이와 함께 살아가기의 어려움을 참고할 때 비로소 그 진정한 무게가 드러나게 된다.

한편으로 시인의 새로운 눈은 그를 둘러싸고 있는 미국 사회, 로스앤젤레스에서의 사람들의 삶에 대한 인식으로 확산됨을 볼 수 있다. 내성적인 자기 응시와 가족과 부모와의 삶의 관계에 집중하는 시인의 시적 태도에 비추어 이 타인들에 대한 인식은 자주 발견되지는 않는다. 그러나 일단 시인의 눈에 포착되면 그들은 동정과 연민의 대상으로, 함께 살아가야 할 유대의 대상으로 부각된다.

「읽히는 시간」「노인 단상」이나 「등록되지 않은 사람들」 같은 시의 화자는 예리하고도 주밀한 관찰력으로 자신과 시공간을 함께 점유하고 있는 사람들을 바라본다. 이러한 타자에의 연민과 동정, 그리고 인류적 유대를 향한 시인의 몸짓은 '위안부 할머니에게 바치는 시'라는 부제가 붙어 있는 「꽃잎에 물든 봄」과 같은 시의 형태로 나타나기도 한다.

이 시들에 나타나는 사람들은 이 시들의 화자 자신과 마찬가지로 타향에서의 삶을 견디며 하나의 생명적 존재로서 자신을 지키는 데 전력을 기울인다. 화자는 이들에게서 협착한 삶의 조건을 헤쳐 나가는 괴로움과 그럼에도 강인하게 솟아오르는 삶의 욕구를 본다. 「읽히는 시간」의 1연에 나타나는 "생존의 날카로움" 묻어나는 식사에 대한 묘사도 일품이지만, 여기서는 재미 시인으로서의 자의식을 보다 보편적으로 표현해 주는 다음의 시를 참고해 보도록 한다.

등록되지 않았다는 것은

태어나지 않았다는 것이고

죽지 않는다는 것이다

아파하지도 괴로워하지도

못한다는 것이다

등록되지 않았다는 것은

누구도 알아서는 안 되고

누구도 알 수 없다는 것이며

궁금해하지도 않는다는 것이다

또한 그것은

함께 떠날 수도

혼자 돌아올 수도

몰래 머물 수도 없다는 것이며

스치는 모든 잔상이 되어

어제는 있었던 것 같고

오늘은 없었던 것 같고

내일은 어찌 돼도 상관없는

오롯이 내가 될 수 없는

우리의 세상인 것이다

                              —「등록되지 않은 사람들」 전문

이 시에 등장하는 "등록되지 않은 사람들"이란 아마도 불
법체류자들을 가리키는 것일 수 있다고 생각된다. 미국 사
회는 자유가 흘러넘치는 사회라고들 인식하기 쉽지만 이 사
회에서 "등록되지 않았다는 것은" 어떤 제도의 혜택도 누릴
수 없음을 의미한다. 그러나 이는 단순히 불법체류자들만
의 이야기는 아닌 것이, 요즘 많은 비평가들이 참조하는 조
르조 아감벤이 말하듯이 우리는 모두 '자연인'으로 세상에
나오지만 등록됨으로써 '국민'이 되며 그럼으로써 사회적,
공적 존재로서 그의 모든 것이 관리, 통제되기에 이른다.

우리는 모두 등록됨으로써만 자유도, 복리도 누릴 수 있
는 바, 불법체류자들은 그런 의미에서 태어나지도, 죽지도
못하는 존재들, 아프다 해서 병원에도 갈 수 없는 존재들
인 것이다. "우리의 세상"이 "오롯이 내가 될 수 없는" 세
상이라는 화자의 인식은 김준철의, 재미 시인으로서의 자
의식, 타자들에 대한 동정과 연민을 집중적으로 축약해 보
여 주는 것이다.

이렇게 해서, 필자는 김준철이라는 재미 시인에 관한 이
야기를 마쳐 가는 중이다. 그는 자신의 불면증적 체질과 가
족사의 다 말 못 할 관계를 딛고 하나의 세계를 일구어 내기
에 이르렀다. 그런데 아직 남아 있는 이야기가 하나 있다.

그의 외조부는 시인 박목월이고, 필자는 목월의 자제 박
동규 선생의 지도학생이었다. 이 시인은 그러니까 목월의
시적 혈통을 이어받은 사람으로 근 이십 년 전 필자와 미국
에서 만났다. 이제 이 시집을 접하면서, 필자는, '나는 그를

알지 못했다'고 생각했다. 그가 성장한 것, 살아온 것, 현재 살아가고 있는 것, 그의 시의 과거와 현재, 그리고 이상을, 나는 미처 알아채지 못했었다. 그리고 이제 깨닫는다. 그가 이 시집으로써 마침내 자신의 시 세계를 열어 젖히고 있음을. 김준철, 이이는 깊은 자의식과 날카로운 시적 감각과 사람들에의 동정과 연민을 함께 갖춘, 부드럽고도 솔직한 시인이었던 것이다.